ÉPITRE D'UN GROGNARD

AU BON DIEU

PAR

E. COMBES

Docteur de la Faculté de Paris. — Lauréat (Médaille d'or)
Et Membre de plusieurs Sociétés savantes.

PARIS

IMPRIMERIE DE GEORGES KUGELMANN
12, rue Grange-Batelière, 12.

1876

ÉPITRE D'UN GROGNARD

AU BON DIEU

PAR

E. COMBES

Docteur de la Faculté de Paris. — Lauréat (Médaille d'or)

Et Membre de plusieurs Sociétés savantes.

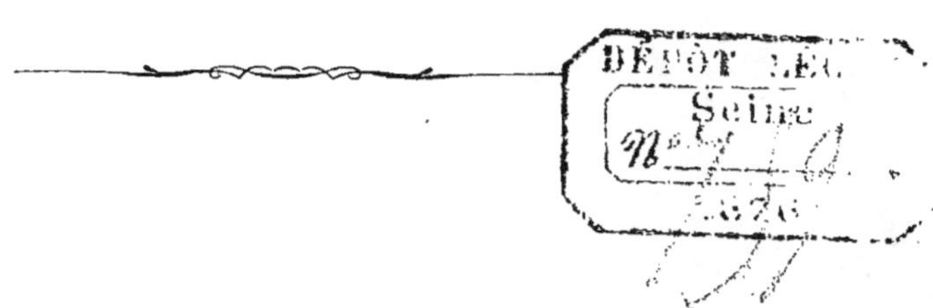

PARIS

IMPRIMERIE DE GEORGES KUGELMANN
12, rue Grange-Batelière, 12.

—

1876

ÉPITRE AU BON DIEU

C'est au bon Dieu que ma lettre s'adresse.
Où l'envoyer ?... A quelle adresse ?...
Ah ! mais j'y pense, il est partout,
Et je mettrais bien plus d'adresse,
A ne pas en mettre du tout.
Mais encore, à quel nom ? au seigneur Orosmane ?
A Vichnou ? Teutatès ? à maître Jéhovah ?
A Jupiter ? Moloch ? Père éternel ? Allah ?
Osiris ? Grand esprit ? A vous, fécond Brahma,
En dix incarnations, que compta le Brachmane ?...
Est-il dans les Védas, la Bible ou le Coran ?...
De trouver votre nom le désespoir me gagne ;
Vous en avez, Seigneur, plus qu'un infant d'Espagne,
Ou qu'un rajah de l'Indoustan !
Mais qu'importe ?... Pour moi, d'une façon civile,
Astre resplendissant qu'encensaient les aztecs ;
Noble Apis, dont l'Egypte adorait les beafteks,
Serpent d'airain, veau d'or, Mammon ou crocodile,
Oignons, Poulets sacrés, fétiches, Manitous,
Pour ne pas le manquer, je vous invoque tous !

Et d'abord, pardonnez si ma plume indiscrète
De nos tristes destins semble peu satisfaite !
Sur le problème humain, de grâce, expliquez-vous !
D'où venons-nous ? où courons-nous ? que sommes-nous ?
De quelques vieux coquins misérables reliques ?
Chenapans ravivés de leurs trépas antiques ?
Titans dégénérés, démons aux pieds fourchus ?
Enfants abâtardis des séraphins déchus
Echappés de l'enfer par l'effet du grimoire ?
Fils d'un vieil oppresseur, roi, baron ou bandit
Payant les pots cassés de quelque ancienne histoire ? ...
   Sur cette croûte de granit
Qui couve un feu central comme une bassinoire,
Sommes-nous au violon ? au bagne ? au purgatoire ?....
Où, parquant les toqués de notre tourbillon
Et les crânes fêlés d'où l'esprit se dérobe,
Peut être avez-vous fait de notre infime globe,
   Votre hôpital de Charenton ?
Peut-être encor ce monde et sa pauvre nature,
Depuis des millions d'ans, courant à l'aventure,
N'attira vos regards ni votre attention ;
Alors ce mot bien humble et sans prétention,
En vous avertissant de ses métamorphoses,
   Vous donnera l'occasion
   D'y corriger de fort vilaines choses
Qui vous ont bien gâté ce coin de l'Univers.
Vous vous apercevrez que la planète entière,
En corps comme en esprits n'est qu'une pétaudière ;
Partout jugements faux et têtes à l'envers,
Sur la terre, ouragans, tempêtes sur les mers,

Du Zénith au Nadir, tout s'en va de travers !
Les jours froids de janvier deviennent les émules
Des plus ardents soleils des vieilles canicules ;
Et sur les arbres verts, les bourgeons éclatés
Ont bientôt leur feuillage et leurs fruits avortés ?...
Comme aussi, dans l'été, la brise glaciale
Vient couper le sifflet au chant de la cigale,
Et fait aux vendangeurs, en dépit de Bacchus,
Sur la cuve étonnée écraser du verjus !

Mais d'abord, savez-vous ce que c'est que la terre ?
Peut-être, étant trop grand pour vous encanailler,
Avez-vous dédaigné d'en entendre parler.
Châteaux pour quelques-uns, pour d'autres, tristes bagnes,
Des bois, des prés, des champs qu'on appelle campagnes ;
Parci, par-là, de loin on voit un grand monceau
De rochers empilés, qu'on appelle montagnes,
Prenant un bain de pieds dans une masse d'eau ;
Le tout représentant une petite sphère,
Peloton raboteux, de forme irrégulière,
Qu'assaisonnent des sels, que bourrent des métaux ;
Puis des chiens, puis des loups, des arbres, des oiseaux,
Végétaux rabougris, soufreteux animaux ;
Puis, comme des cirons trottant sur un fromage,
Des hommes, se croyant votre plus bel ouvrage,
Masquant un cœur méchant d'un assez laid visage
Qu'ils disent, les niais ! calqué sur votre image,
Atômes orgueilleux d'un chaos mal conçu
Que, peut-être, votre œil n'a jamais aperçu !

Pourquoi donc nous jeter sur ce tertre insipide
Où chacun de nos pas doit heurter un écueil,
Où, trop longtemps avant d'échouer au cercueil,
Nous sommes ballottés sur un vaisseau perfide,
D'où, n'apercevant plus dans un sombre horizon
    Lui tendant son vain hameçon,
La trompeuse lueur qu'on appelle espérance,
    L'homme brisé par la souffrance,
Du foyer de sa vie éteignant le flambeau,
Par le fer, le poison, par la corde ou par l'eau,
    Ose pousser l'irrévérence
Jusqu'à vous renvoyer ce funeste cadeau !

N'importe ; parlons-en ! et, puisque nous y sommes,
Sans espoir d'exposer tous les travers des hommes,
De quelques-uns, du moins, mon sincère pinceau
Tâchera d'esquisser le fidèle tableau.
Nous toucherons à tout…, sauf à la politique.
Nul sans permission ne saurait en parler ;
Sur le seuil est écrit « qui s'y frotte s'y pique. »
    C'est comme une Phryné pudique
    Que chacun fait cabrioler
    Selon son rêve ou sa tactique ;
    C'est une vieille mécanique
    Dont abuse plus d'un loustic,
    Masquant du nom de bien public
    Les intérêts de sa boutique ;
Et, pour peindre en un mot ce ténébreux sujet,
En théorie ainsi qu'en commune pratique,
Ce n'est qu'un procédé pour gruger un budget.

Dans ce drôle de monde une chose m'attriste,
> C'est que chacun, n'aimant que lui,
> Dans son intérêt égoïste,
> Rêve toujours le mal d'autrui :
> On semble ne trouver de charmes
> Que dans les plaintes et les cris,
> Ne jouir que dans les débris
> Et ne s'abreuver que de larmes ;
Si bien que les humains, si vous combliez leurs vœux,
Par leurs propres souhaits seraient tous malheureux.
Le vœu du cordonnier, désire à ma chaussure
Sur un tesson tranchant une large fissure,
Tandis qu'avec plaisir, un féroce tailleur
Voit d'un œil satisfait, et même un peu railleur,
Un flot de cambouis souiller ma redingote,
Ou pendre au bout d'un clou le fond de ma culotte.
> Et les marchands de nouveautés !...
> Vous les verriez, tous les étés,
Quand tout le monde est paré pour les fêtes,
Désirer qu'un orage inonde les toilettes.
C'est encor sans regret qu'un gantier inhumain
Voit déchirer le gant dont il pare ma main ;
Le hardi carabin, sans craindre qu'il le navre,
Sur un marbre sanglant désire un beau cadavre ;
Tandis qu'aux croquemorts il faut de beaux décès,
Qu'il faut aux médecins de graves maladies,
Avocats, procureurs appellent les procès,
Et l'agile pompier ne rêve qu'incendies.
> Pour triompher dans les combats
> Il faut aux princes, aux soldats,

Que le genre humain se chamaille !...
Ces pourchasseurs de grand renom
Mêlant l'encens à la mitraille
Vous grisent d'oliban et de poudre à canon ;
Ils massacrent en votre nom

Mis au niveau de la canaille,
Et, par étrange erreur, ou par funeste abus,
En guise d'encensoir vous lancent des obus !
Vous le croirez à peine ; ici l'on est coupable
Lorsque, pour quelques sous, on tue un pauvre di:
Mais si vous en tuez mille, cent mille et plus
La tourbe des niais célèbre vos vertus !
On voit des Tamerlans exerçant sur la terre
L'assassinat en gros qu'ils appellent la guerre,
Incendier sans trêve, égorger sans pitié,
Et dans tous leurs forfaits vous mettre de moitié,
Caché dans un nuage, où, sous les pseudonymes
De Mars, Bellone ou Sabaoth,
Vous êtes, disent-ils, complice de leurs crimes !
Pour votre honneur, bon Dieu, je n'en crois pas un mot!
Ecoutant aux dolmens de stupides grimoires,
Ou, dans la plaine en feu harcelant les guerriers,
Ils vous font tour à tour le pitre de leurs foires,
Ou le bourreau de leurs charniers !
Hélas ! de votre nom l'homme coupable abuse !
C'est lui qui fait le mal, et c'est vous qu'il accuse ;
Et quelque sot projet qu'un sot ait résolu,
C'est toujours le bon Dieu, dit-il, qui l'a voulu.
Vous seriez stupéfait de tant d'impertinence !...
Sous un masque d'austérité

Là, les plus dissolus prêchent la continence,
    Les plus fripons, la probité !
    Des fronts flétris par la débauche
    S'en vont grimaçant la pudeur,
    Et j'entends crier : au voleur !
    Tous ceux qui fouillent dans ma poche.
Au dangereux écueil de la sincérité
On voit toujours sombrer la triste vérité,
L'imposteur triompher dans son langage immonde,
Le faux, de son clinquant éblouir tout le monde,
    Partout régner l'iniquité !...
Il serait temps, je crois, que tout cela finisse !
Et vous même, Seigneur, que la hauteur des cieux
Ne met pas à l'abri des bruits calomnieux,
Comme un reptile impur écrasez leur malice !
Ils vous font tort, et moi, qui suis de vos amis,
Je ne puis voir sans peine un bon Dieu compromis.

Encore un fait hideux dont la raison murmure,
C'est que, foulant aux pieds les lois de la nature
Qui dispense la vie à tant d'êtres divers,
Et suivant, sans remords, son appétit pervers,
Un vorace animal cherche sa nourriture
Dans une chair sanglante, odieuse pâture !
Du vautour au chacal, du tigre au puceron,
Sur la terre, dans l'air, dans les plaines des ondes
Sur les sommets des monts, dans les forêts profondes
Tout animal montant dans la barque à Caron
Passe par l'estomac pour gagner l'Achéron.

Partout on se dévore et partout la fàmine
Poursuit l'être vivant de sa dent assassine ;
Voracité sans frein, féroces appétits
Poussant toujours les gros à manger les petits.
Est-elle respectée, au moins, la noble race
Des humains ? Non ! la nuit, un insecte vorace
Osant la poignarder d'un avide aiguillon,
Aux dépens de son sang vient faire réveillon ;
Puis un cuistre acarus, sous prétexte de gale,
A l'abri d'un tunnel de sa peau se régale ;
Dans un jour de malheur, qui donc les engendra
  Les moustiques, philoxéra,
  Puce, punaise, et cœtera ?
Je repousse pour vous un art qui vous ravale !
Quoi qu'en dise Pasteur et sa docte cabale,
  Ce n'est pas vous qui fîtes tout cela !
Je dis que c'est le Diable, ou mon portier... Voilà !

⌁

L'homme, lui, mange tout ; pour comble de misères,
Plus ou moins cuits à point, il mange aussi ses frères !
Quant à moi, d'en tâter, je n'aurais pas le goût,
L'estomac m'en ferait un éternel reproche ;
Ce doit être, entre nous, un bien mauvais ragoût,
Surtout si, dans le corps, l'âme était à la broche.

⌁

Ah ! si mieux avisés, de bienveillants destins
Avaient su nous charger d'ordonner les festins,
Pour accomplir les vœux des âmes raisonnables,

Sans répandre le sang remplissant notre emploi,
Voici l'heureux moyen que, pour garnir les tables,
Nous aurions employé, l'ami Richard et moi.

Bordés d'arbres à fruits disposés en quinconce,
Des arbres merveilleux, que leur fumet annonce,
Offrent à l'appétit un succulent menu
Rôti sans être cuit, mort sans avoir vécu !...
L'arbre aux faisans truffés et l'arbre à côtelettes,
L'arbre à jambons fumés et l'arbre à mauviettes,
Et tous menus gibiers, alignés en brochettes,
Qui, plantés avec soin, greffés avec amour,
Rissoleraient leurs fruits sous les rayons du jour.
Que nous aurions, alors, applaudi votre ouvrage,
Si, dans notre verger descendant, le matin,
Nous trouvions, mûr et chaud, le menu du festin !...
          Vous en coûtait-il davantage ?...
Et les êtres vivants, dans leur félicité,
Vous auraient prodigué les Bénédicité,
Et, dans des flots d'encens, le plus sincère hommage;
Surtout si, pour combler les faveurs du destin,
Un céleste tonneau, par vos soins mis en perce,
Nous donnait tous les jours une petite averse
De Sauterne, Bordeaux, Chablis ou Chambertin !

Puis, on se lèverait pour porter ses hommages
Au sexe à qui le sort accorde la beauté,
          Et qui, du moins dans ses jours de gaîté,

Pourrait passer pour un de vos meilleurs ouvrages.
Mais il faudrait lui plaire, et se bercer toujours
Sur les flots enivrants des faciles amours !
L'amour qui naît au cœur n'est-il pas légitime ?
Nous vous le dénonçons, l'ami Chanteaud et moi ;
  D'aimer vous fîtes une loi,
  Et les hommes en font un crime !
Mais le cœur criminel, au transport qui l'anime
  Ne sait jamais trouver qu'un doux émoi :
C'est un crime enivrant, un séduisant breuvage
Qui tourne, en un clin d'œil, la tête la plus sage;
Mais comment se fait-il qu'entre deux amoureux,
L'un y trouve une joie et l'autre un sacrifice,
Et, si c'est mal d'aimer, que, coupables tous deux,
L'homme y trouve des fleurs, la femme un précipice ?
Qu'en faisant son malheur, elle fasse un heureux,
Ingrat qui, la poussant jusqu'au bord d'un abîme,
  L'immole enfin, perfide et gracieux,
  Sur un autel mystérieux
Dont elle est à la fois l'idole et la victime !...

Vous le voyez, Seigneur, tout ça va de travers.
« Les hommes, direz vous, sont d'affreuses canailles !»
  D'accord ! mais, comme les médailles,
Ce tableau des amours trouve bien son revers :
Le beau sexe, à son tour, use de représailles;
Disposant avec art de perfides appas,
Il allume des feux qu'il ne partage pas ;
  Par d'enivrantes perspectives,

Des atours provocants, des robes en fourreau,

Il jette l'hameçon dans nos âmes naïves !...

Puis, de cœurs délirants impassible bourreau,

D'un regard dédaigneux et d'une mine altière,

    Il semble nous chanter tout bas :

    « J'ai du bon tabac dans ma tabatière,

    J'ai du bon tabac !... tu n'en auras pas » !...

— O charmante beauté, terminez mon supplice !!!

« Vraiment?... tout un carré l'on vous en plantera,

    Et l'on vous en ratisse — tisse,

    Et l'on vous en ratissera ! »

En souffrons-nous, bon Dieu !... Jamais le vieux Tantale,

Humant piteusement le fumet qui s'exhale

Des fourneaux de Véfour, de Potel et Chabot,

Rivé sur le trottoir, ne serait si capot !...

Et si, cédant enfin au charme qui l'entraîne,

    Un cœur, pour toujours enchanté,

    Croit trouver la félicité

    Dans les nœuds d'une douce chaîne,

Peut-il toujours compter sur sa solidité ?...

Les femmes *tout à fait* fidèles, on les compte !....

Quant aux hommes, j'en cherche, et si quelque sorcier

    Peut n'en dresser un petit compte,

Je vous le manderai par un prochain courrier.

ÉPILOGUE

Si cette épitre singulière,
Simple mot dépourvu de louange et d'encens,
(Peut-être remplacés par un grain de bon sens)
    Vous paraît par trop familière,
C'est qu'elle est adressée aux dieux des bonnes gens,
Ces factices bons dieux, colportant sur la terre
Et leur fausse logique et leur folle vertu ;
Fétiches complaisants, propres à tout usage,
    Et qu'on appelle, en impromptu,
Pour bénir la sottise, aider le brigandage,
Amnistiant le crime, au prix d'un faux hommage ;
Ces bons dieux fabriqués, patrons de tout servage,
Egoïstes, jaloux, méchants, capricieux,
Confectionnés par l'homme et faits à son image,
    Mais qui n'ont jamais vu les cieux !...

Aurais-je osé fronder par des rimes rebelles
Le puissant Créateur, le sublime inconnu

Qui dirige et remplit les sphères éternelles
Où, même notre esprit n'est jamais parvenu ?...
Grand Etre en qui je crois, puissance en qui j'espère ;
Qu'en ses jours de malheur cherche un cœur alarmé,
    Qui, des forfaits juge sévère,
Entend la voix du juste et du faible opprimé ;
Qui, consolant rayon, perçant ma nuit obscure,
A l'appel de mon âme a toujours répondu,
Dont le nom est inscrit dans toute la nature,
Et devant qui mon front s'incline, confondu.